RÉVENIR

TOUJOURS SUR LE PASSÉ

C'EST

ASSURER L'AVENIR

N° 1.

DIJON

IMPRIMERIE RABUTOT, VICTOR DARANTIERE, Sʳ

Place Saint-Jean, 1 et 3.

1872

Cette petite brochure commence une série d'articles provenant de la même source. On y ajoutera, s'il est possible, des articles de journaux allemands.

REVENIR

TOUJOURS SUR LE PASSÉ

C'EST

S'ASSURER L'AVENIR

~~⁓⁓⊛⊱⊰⁓~~

DIJON

IMPRIMERIE RABUTOT, VICTOR DARANTIERE, Sr

Place Saint–Jean, 1 et 3.

1872

REVENIR

TOUJOURS SUR LE PASSÉ

C'EST ASSURER L'AVENIR

PRÉFACE

On est d'avis généralement que lorsqu'une bataille est engagée dans la rue, il vaut mieux être à la fenêtre que sur le trottoir pour juger des coups; c'est cette pensée qui a fait réunir dans cette brochure quelques réflexions et articles pris dans quelques journaux la plupart anglais, quelques-uns suisses, et recueillis à différentes époques depuis la fin de cette malheureuse guerre qui n'a que peu altéré l'orgueil ou, si vous l'aimez mieux, la présomption nationale. Les dates seront en tête des articles, mais non les titres des journaux, en vertu de ce principe que toute vérité est bonne à prendre, n'importe en quel lieu elle se trouve, et aussi parce que souvent le simple titre du journal entraîne la prévention qui fait douter quand même de l'impartialité et de la bonne foi de l'écrivain. Ce qu'il y a de sûr, c'est que les réflexions ou articles ne sont pas inventés, que la traduction, sinon correcte et élégante, est fidèle, enfin que l'intention est bonne ; c'est tout ce qu'on peut offrir pour le prix.

8 février 1871.

La première de toutes les choses que devrait faire M. Gambetta, ce serait de faire pendre quelques-uns de ses amis ou des gens de son entourage, qui vendent un crédit qu'ils ont ou qu'ils n'ont pas, et qui se livrent pour entasser de l'argent aux manœuvres les plus criminelles. Quelques grandes fortunes se sont faites sous l'Empire ; la République en a déjà fait de bien plus considérables, dût-elle disparaître demain. Mais c'est là le côté le plus saillant du caractère du peuple français : il supporte, *accepte* tout de ceux qui le commandent, et n'a de contrôle et de perspicacité qu'à l'endroit des pouvoirs tombés.

9 février 1871.

La mesure que vient de prendre l'Assemblée nationale de Bordeaux en prononçant la déchéance de la dynastie napoléonienne, à la suite de quelques paroles de dévouement proférées par quelques fidèles, est un sujet de profondes réflexions pour le philosophe et l'historien. L'humanité a-t-elle progressé depuis l'époque où Brennus, jetant son épée dans la balance qui contenait la rançon de Rome, s'écriait : *Malheur aux vaincus ?...* Nous n'oserions nous prononcer en présence des faits qui signalent la fin de cette guerre si malencontreuse pour la tranquillité de l'Europe. Les droits des peuples méconnus ; la justice, la raison mises de côté pour faire place à l'esprit de vengeance et de représailles ; les intérêts généraux, les besoins sociaux toujours sacrifiés à des questions d'amour-propre et de satisfaction personnelle : voilà ce que nous voyons en plein dix-neuvième siècle, après tant de leçons données par l'expérience. La force brutale règne comme elle régnait dans les plus mauvais temps de l'histoire des peuples, et bien que nous reconnaissions à la France le droit de maudire celui qui l'a entraînée dans les malheurs insondables où elle est plongée en ce moment, cependant nous ne pou-

vons nous empêcher de trouver mesquine et intempes-
tive cette détermination prise par l'Assemblée de Bordeaux. Le silence du mépris ne convenait-il pas mieux
à l'égard d'un homme qui, ayant sous sa main plus de
cent mille hommes, a préféré se rendre que de mourir à
leur tête, en donnant un grand exemple de vertu et de
sacrifice...

4 septembre 1871.

Répùblique française ; Adolphe Thiers, président,
tel est l'exergue que nous devons bientôt voir, et pour
quelque temps espérons-le, sur les pièces de 5 francs
de France. Il y a dans le monde peu de choses aussi cu-
rieuses et aussi instructives qu'une collection complète
des monnaies d'or et d'argent frappées dans ce pays depuis la convocation des États généraux de 1789. Quelques-
unes des pièces ne sont que la simple commémoration
de chaque gouvernement normalement établi et reconnu
par la nation (depuis que les souverains légitimes ont
cessé de se proclamer eux-mêmes rois de France et de
Navarre par la grâce de Dieu), savoir : les dix années du
premier Empire, les seize de la Restauration, les dix-
huit de la monarchie de Juillet et les dix-huit du second
Empire. Mais durant les intervalles qui s'écoulèrent
entre les courtes et encore incompréhensibles révolutions qui signalent l'histoire des derniers temps en

France, la monnaie a toujours éprouvé de la difficulté à suivre les phases de ces transitions politiques ; elle passe d'un extrême à l'autre, comme d'une sauvage anarchie à une aveugle réaction ; et souvent, comme Janus, elle laisse apercevoir sur ses deux faces l'empreinte de ces deux excès. Les mots *République française* apparaissent sur le revers de la pièce qui porte l'effigie de Louis XVI, roi des Français ; de Bonaparte, premier consul ; de Napoléon Ier, empereur ; de Louis Bonaparte, président ; de Napoléon III, empereur. Jusqu'à ce qu'un roi ou un empereur ait pris complète possession du pouvoir en France, la France semble destinée à rester en République, et aussi souvent que le nouveau souverain, après s'être proclamé lui-même la meilleure des républiques, a saisi les rênes du gouvernement, il a cru devoir satisfaire à la disposition naturelle du peuple français pour cette forme de gouvernement (la République) en laissant sur les débris de l'édifice qu'il a renversé subsister son nom, ses insignes et sa devise. Comme règle générale cependant, la République ne peut être considérée comme une personnalité, et la simple apposition de la tête du souverain sur la pièce de 5 francs prépare le pays à un changement qui fera disparaître les mots : *Liberté, Égalité, Fraternité* sur les édifices publics, et substituer à la hampe des drapeaux l'aigle ou le coq gaulois au bonnet phrygien.

3 octobre 1871 (Suisse).

Il est pénible de penser que cette expérience nouvelle de la République en France fera un *fiasco* complet. La première Révolution française, a dit Ch. Nodier, n'a été que l'application des idées païennes du collége à la société. Au milieu de l'inqualifiable confusion qui régnait alors dans les esprits, nous pouvons distinguer cependant le désir naturel à des gens qui étaient tout à fait versés dans la connaissance de l'antiquité de prendre dans les anciennes républiques ce qu'elles avaient de bon, et en appelant les enfants Brutus, Cincinnatus, Scœvola, etc., ce qui était tout bonnement ridicule, on cherchait à copier au moins ces personnages sous le rapport du patriotisme et de l'austère probité. — La religion chrétienne, éminemment civilisatrice lorsqu'elle est pratiquée, étant mise de côté, on avait au moins le bon sens d'invoquer les souvenirs des premiers Romains, des Spartiates, qui ont tous donné des preuves non équivoques de leur abnégation et de leur amour du pays. On est donc forcé de convenir que c'est un reflet de l'antiquité qui a imprimé à la Révolution de 89 un cachet d'originalité et de grandeur. Les soldats de la première République, après des revers inséparables de

l'absence de discipline, prirent les allures des vieux soldats des légions romaines et donnèrent des exemples du
stoïcisme et des vertus solides qui firent de Rome la
maîtresse du monde. Rome revécut un instant dans la
France révolutionnaire. Des magistrats, des députés de
l'Assemblée nationale rappelèrent les sénateurs attendant sur leurs chaises curules l'entrée des Gaulois. Lors
de l'invasion de la Chambre par la populace dirigée par
Hébert, le président vit apparaître sans sourciller devant
son visage la tête de Féraud. Dans toutes les invasions
de même nature qui signalèrent les révolutions sui-
vantes est-il un exemple pareil à citer? Aucun.

L'étude de l'antiquité, qui jouait alors dans l'éduca-
tion un rôle très considérable, a dû contribuer à main-
tenir les caractères et a ôté à la première Révolution le
cachet de désordre inouï et d'absence de toute moralité
qui caractérise et stigmatise la Révolution du 4 sep-
tembre.

Ce sont encore des païens qui prennent la direction
du mouvement, mais des païens de la pire espèce, c'est-
à-dire des gens professant l'indifférence absolue en fait
de religion, la négation de toute loi morale, la concen-
tration de tout l'homme dans la vie présente, et l'oubli
le plus complet de la vie à venir : idolâtres du pouvoir,
possédés de la fureur des places, de la rage de l'or et du
culte de la chair. Ce sont là les hommes que la France a

choisis dans sa fureur aveugle contre tous les gouvernements tombés, parce que ces mêmes hommes ont été
ennemis de tous les gouvernements et poursuivis par
eux, non parce qu'ils se disaient républicains, mais
parce qu'ils étaient simplement vicieux et dangereux
par leurs doctrines insensées. Voilà ce qui nous fait
douter de la possibilité d'établir la République en
France, cette forme de gouvernement ne pouvant exister
à notre époque en Europe qu'en devenant essentiellement chrétienne, et dans toute l'acception du mot.

23 septembre 1871.

Dans trois jours les conseils généraux entreront en
séance, et le public s'efforcera de prendre intérêt à ce
qu'ils sont disposés à faire. Comme la moitié des élec-
teurs ne se sont pas dérangés pour voter aux élections
desdits conseils, il n'est pas supposable que l'intérêt
sera très vif en pareille matière; et cependant, à un
point de vue constitutionnel, le travail des conseils généraux avec le nouveau régime est de la plus haute im-
portance. Nos lecteurs se rappelleront avec quelle éner-
gie le parti radical de la Chambre s'est opposé à toute
tentative faite pour développer l'intelligence politique du
pays, et a refusé de voter pour la mesure qui tendait à

affaib'ir l'autorité centrale et à balancer la puissance du mécanisme à l'aide duquel un empereur démocrate comme Napoléon ou un démocrate impérial comme Gambetta peuvent seulement gouverner la France. Chaque homme ou chaque parti essentiellement despotique dans ses principes s'oppose instinctivement à la loi de décentralisation, et les *blancs* aussi bien que les *rouges* combinent leurs efforts en ce cas, parce qu'elle porte le premier coup sérieux aux fers avec lesquels la liberté en France a toujours été enchaînée. En présence d'une alliance si monstrueuse, le parti vraiment libéral est incapable de faire surgir cet important principe qui reconnaîtrait aux conseils généraux des fonctions politiques. Il est clair cependant qu'un peuple qui désire sincèrement connaître les sentiments politiques qui existent dans son sein n'a pas de meilleure pierre de touche qu'une semblable organisation. De pareilles fonctions locales d'un ordre élevé peuvent être considérées comme les gardiennes véritables de la liberté du peuple, interposant leur autorité entre la volonté despotique de Paris, quelle qu'elle puisse être, et les intérêts des populations auxquels il pourrait être porté atteinte. Sans faire actuellement de la France une fédération, la seule forme sous laquelle une République peut être possible, la concession faite aux conseils généraux de fonctions politiques est la seule garantie du maintien

des formes et institutions républicaines. Ceci pourrait
être développé plus longuement, mais c'est par soi-
même assez évident aux yeux des Anglais et des Amé-
ricains, qui sont très jaloux et soigneux de sauvegarder
leurs libertés, pour qu'on n'insiste pas davantage sur ce
sujet. Si je continue à en parler, c'est parce que la con-
firmation de la vérité de ces remarques a été fournie par
M. Gambetta, qui est supposé être un des grands génies
français de l'époque, dans une lettre qu'il a adressée à
un ami pour lui expliquer ses devoirs comme conseiller
général. Cette lettre composant trois fortes colonnes,
j'en donnerai seulement une courte analyse, qui sera
suffisante pour prouver combien cet avocat des libertés
est opposé à ceux qui veulent sérieusement en donner :
— 1° l'écrivain démontre qu'en fait les élections ont eu
un caractère politique (ceci est vrai jusqu'à une certaine
limite) ; 2° il prouve que les conseils généraux ont été
toujours dans la main du gouvernement central, quel
qu'il fût, et des classes privilégiées ; 3° il affirme que,
pour cette fois, ils sont démocrates et indépendants. En
pareil cas, il est à supposer que sa conclusion logique
doit être : qu'étant politiques dans leur origine, républicains dans leur composition et indépendants dans leur
action, l'occasion serait excellente pour leur faire exer-
cer une influence politique dans un sens indépendant
républicain. Bien loin de là. Dans l'opinion des démo-

crates radicaux, ces conseils démocratiques, choisis selon
lui à cause de leur opinion , et pour la première fois li-
bres de toute pression centrale et gouvernementale,
doivent s'abstenir avec soin de politique. C'est cette conclusion remarquable que je veux faire ressortir par ses
propres paroles : « Tout d'abord, je m'interdirais sévè-
rement toute ingérence dans les questions de politique
générale. Plus que jamais, je chercherais à séparer
l'administration de la politique. » Le fait que la distinc-
tion est établie en théorie dans la loi de décentralisation
serait le seul argument en faveur de l'avis de M. Gambetta, mais son objection contre les séances politiques
des conseils généraux sur des sujets légaux et utiles est
basée sur un terrain si peu consistant qu'il ajoute presque immédiatement : « Il faudra qu'ils portent leurs
investigations et leurs études, non seulement sur tous
les services établis, mais encore sur tous les éléments
économiques, politiques et sociaux dont la réunion forme
le département. » Il leur recommande alors d'entrer
dans le cœur de la question du capital et du travail,
question politique je suppose « Restez surtout en com-
munication incessante avec le suffrage universel; adres-
sez-lui des rapports imprimés sur les sujets impor-
tants ; » voulant prouver ainsi que le parti radical comprend seulement la politique comme moyen de protec-
tion pour développer et surtout assurer les droits des

travailleurs, ce qui est le fondement de la France démocratique. S'occuper de politique, d'après M. Gambetta,
c'est exprimer une opinion sur ce qui se passe à Versailles : c'est ce qu'il appelle la politique générale, et il
doit être par là bien entendu que lui président trouverait
parfaitement inconvenant que les conseils généraux
s'aventurassent à avoir sur les libertés une opinion différente de celle que la démocratie impériale pourrait
avoir en pareille matière.

Le fait réel est que les conseils généraux actuels ne
sont ni radicaux ni démocratiques. Leur influence politique prendrait une large prépondérance dans le cas
d'une République modérée ou d'une Monarchie constitu-
tionnelle, et c'est pourquoi justement M. Gambetta
est si anxieux de couper leurs ailes politiques. Mais le
spectacle instructif d'un démocrate *avancé* empêchant les
corps publics les plus influents du pays de discuter des
questions politiques est un de ceux qui ne sauraient être
présentés trop souvent aux yeux d'un public intelligent,
comme un avertissement sinistre et plein d'enseigne-
ments du but auquel aspire la France démocratique.

1ᵉʳ novembre 1871.

M. Jules Simon, ministre de l'instruction publique,
vient de faire une conférence sur les trésors artistiques
et littéraires de Paris. Le caractère français s'y retrouve
tout entier dans sa vanité présomptueuse. Ce ne seraient
point des ministres anglais qui songeraient à proclamer
que le monde entier doit jeter des regards d'admiration
sur ses industries du Lancashire, sur la virilité de la
nation anglaise, ou sur tels autres avantages, parce que
notre gros bon sens nous dit que le monde est parfaitement indifférent à tout cela, et que nous nous rendrions
parfaitement ridicules avec des expansions de ce genre.
Mais aucun Français n'est capable actuellement de
comprendre l'indifférence avec laquelle le monde con-
temple Paris, avec quelle froideur il envisage la civili-
sation française. Aucun Français ne comprend à quel
point la France s'élèverait dans l'opinion publique, si les
hommes qui sont à la tête des affaires conservaient une
froide et sage réserve sur de pareils sujets. La raison
principale qui change cette prétendue admiration en
mépris, est que toutes les manifestations et exhibitions,
soit matérielles, soit morales, faites en France, trahis-

sent une vanité puérile qui dénote une profonde igno-
rance à l'endroit du reste du monde. Les Français sont
le peuple le moins voyageur, le moins versé dans la littérature des autres pays. Bien des hommes remarqua-
bles chez eux descendront au tombeau sans avoir vi-
sité les villes d'Allemagne, Rome, ou même Londres,
sans avoir la moindre connaissance des langues de
Shakespear, de Gœthe; sans avoir, enfin, de termes de
comparaison pour apprécier les beautés de Paris, les
qualités du peuple et de l'esprit français, et la littérature
française. D'un autre côté, il n'est personne plus impar-
tial en fait de critique, moins rempli d'égoïsme national
que le Français qui a étudié sérieusement *de visu* les
institutions et le caractère des autres peuples. De Toc-
queville n'a pas de rival comme philosophe profond, intelligent, universel; les essais de Prévost-Paradol sont
marqués au cachet d'une grande profondeur de vues et
d'une haute finesse d'appréciation. Taine, dans ses œuvres
critiques, sait trouver les points faibles de ses concitoyens, aussi bien que ceux des Anglais, et peut être
cité comme un modèle d'impartialité.

Et voici que dans un moment où tous ses compa-
triotes pleurent ou devraient pleurer sur leur grandeur
évanouie, se revêtir d'un sac et se couvrir de cendres,
un homme éminent comme M. Jules Simon ne trouve
rien de mieux que d'aller raconter au monde les gloires

de la littérature, de la philosophie et de l'art en France ;
de dire que Paris est incomparable, que ses soldats se
sont retirés derrière la Loire en frémissant de rage, et
tutti quanti. Il ajoute, à la vérité, que la France a décliné sensiblement et douloureusement ; qu'elle a décliné
sous le rapport des lettres, qui ont perdu de vue le but
élevé et moral qu'elles doivent atteindre ; qu'elle a sup-
porté et glorifié le mal, doré ses vices à l'aide de ses
richesses, usé son esprit à rendre les premiers suppor-
tables. Mais cette admirable confession est effacée par
l'égoïsme qui domine dans la conférence ; elle perd
ainsi toute sa valeur, semblable à un tableau du Titien
qui eût été consacré à représenter des trivialités,
comme des tableaux héraldiques ou des divertissements
champêtres.

Le ministre de l'instruction publique est coupable
d'une faute bien plus grave encore : il n'est pas de terrain sur lequel ses concitoyens soient plus ignorants
que sur celui de l'histoire ; ils ne lisent pas les Gibbon,
les Niébuhr, les Macaulay, et leurs histoires, à eux,
ne sont que des fictions plus ou moins artistiques. Celle
de M. Thiers a revêtu les esprits d'une si épaisse croûte
d'imagination que les traits de la vérité peuvent difficilement l'entamer, fussent-ils dirigés par la main vigou-
reuse de MM. Erkman-Chatrian.

Il est peu de fictions aussi fortement implantées dans

2

l'esprit national que la croyance en ce fait : que la France, après Waterloo, a été dépouillée de ses trésors artistiques par les alliés, notamment par les Anglais. Un homme d'Etat un peu consciencieux devrait éviter avec soin de prêter son talent à encourager une semblable idée, et cependant M. Simon sort de son sujet pour affirmer que les musées, en France, ont été pillés sous l'inspiration et la direction de lord Castelreagh. Les faits réels sont bien différents. Napoléon Ier, à la tête des armées de la première République, agit à l'instar des conquérants dont il avait étudié le caractère, et qu'il imita plus tard pour son propre compte. Il envoya des trésors inestimables de l'Italie en France, pour flatter l'orgueil national et ajouter à sa propre gloire. Les palais de Saint-Marc, Pitti, et d'autres moins connus, furent dépouillés de quantité de Titiens, Tintorets, Véronèses, Corrèges, Guides, Raphaëls, autant du reste que les envahisseurs purent en envoyer à Paris. Plusieurs autels, vrais chefs-d'œuvre, furent enlevés aux églises; des maisons particulières furent dévastées comme par un passage de sauterelles avides d'objets précieux. Des généraux français firent réquisition de peintures de prix, avec autant d'avidité que les Allemands de bœufs gras et de sacs de blé. Heureusement pour l'Italie, beaucoup de chefs-d'œuvre étaient fixés, non sur la toile, mais sur les murs des églises, des couvents et des palais. La Cène de Léonard de Vinci eût pris le chemin de Paris, si elle eût pu être enlevée des murs d'un couvent de Dominicains ; il en eût été de même des célestes peintures de Fra Angelo, si elles eussent pu être détachées du couvent de Saint-Marc. La chapelle Sixtine elle-même eût été privée des plus belles productions de Michel-Ange, si les fresques du Jugement dernier n'eussent été fixées sur les murs nus, sans toile ni panneaux. En dépit de ces obstacles, aucun consul romain n'enrichit sa patrie de trophées pareils à ceux dont Napoléon enrichit le Louvre. La France se glorifia de ces souvenirs précieux du vol triomphal qu'avaient pris ses aigles ; mais en proportion de son orgueil croissait la haine de l'Italie et des autres pays dépouillés ; ils redemandèrent leurs Titiens, leurs Rubens, leurs Murillos, et la France eut à les restituer à la chute de l'Empire. L'Angleterre, sans doute, contribua à assurer le retour des tableaux qui avaient été enlevés par le conquérant, et c'est cet acte de justice que M. Jules Simon stigmatise du mot de pillage. Le malheur est que la restitution ne fut pas complète. Dans un article contemporain, un de nos correspondants faisait remarquer que beaucoup de tableaux manquent aux églises ou aux palais dans lesquels ils ont été pris. Beaucoup n'ont jamais atteint Paris. L'église San-Zéno, à Florence, montre encore trois grandes places vides au-dessus du maître-autel, dans lesquelles se trouvaient des chefs d'œuvre de l'école vénitienne.

Paris pourrait apprécier les sentiments des peuples qui ont été ainsi volés, si Bismark avait stipulé qu'une portion de l'indemnité de guerre serait payée en œuvres de choix, prises parmi les trésors du Louvre. Il eût pu soustraire l'Assomption de Murillo, pour laquelle la nation a payé aux héritiers du conquérant Soult plus de 25,000 liv. sterl.; il eût pu enrichir Dresde avec la Sainte Famille (inestimable) du Titien; il eût pu arracher des murs ces longues galeries de tableaux de batailles qui entretiennent l'humeur guerrière de l'ouvrier et du paysan; les Rubens eussent pu être envoyés à la Belgique comme cadeau. Bien plus, et nous avons presque pudeur à le dire, les rudes mains prussiennes eussent pu être mises sur la Vénus de Milo, et quelque cour germaine aurait pu hériter de cette gloire du Louvre. Pour la France, un pareil sacrifice eût été plus dur que celui d'une province. Les artistes font des pèlerinages à cette salle aux rideaux rouges, dans laquelle se trouve cette perfection de la sculpture, cette œuvre qui sait allier ce qu'il y a de plus fort et de plus suave dans la beauté féminine. Les poètes l'ont célébrée comme on célèbre un objet vivant, et l'adoration de cette Vénus est, nous le croyons, plus passionnée que celle qui s'élève dans le sanctuaire du vrai Dieu.

Cette statue exerçait sur Heine en particulier une véritable fascination ; il semble que sa plume a été trempée dans du feu, lorsqu'après avoir chanté cette Vénus il essaie de se jeter dans les bras de la religion, et après quelques vains efforts, revient pour toujours à la déesse soustraite un instant à son jeune enthousiasme. Dans la Vénus de Milo, Heine voit le paganisme incarné, et comme telle il la salue dans un des passages les plus mélancoliques qui aient été écrits par un poète rempli de découragement et de lassitude. Sous la forme d'une parabole qu'il dicta sur le lit de douleur qui fut sa couche unique pendant ses dernières années, il raconte que dans la dernière visite au Louvre que ses jambes lui permirent, il tomba aux pieds de son idole, et les mains jointes, lui demanda la force et la santé : « Elle me sourit tristement et soupira : Hélas! ne vois-tu pas que je suis privée de mes deux bras; comment t'aiderais-je? » Heine fut un païen, un Grec du temps d'Aristophanes, un Grec qui eût satirisé les anciens dieux, mais qui les aimait, qui les eût chantés sur le mode le plus léger qui eût été jamais ouï à Athènes, qui eût rappelé, dans un climat heureux et béni du soleil, la joie, la beauté, la sensualité des beaux temps d'Athènes. Mais Heine savait bien qu'il était né trop tard, que le paganisme était bien passé, comme les feuilles desséchées, par les hivers qu'il avait traversés, et que le secours qu'il demandait devait venir d'une autre source que de l'Olympe. Aussi reconnaissait-il que *Vénus* ne pouvait l'aider.

Les Parisiens apprécient aussi cette production sans pareille, et si elle eût été emportée de Paris à Berlin, ils eussent fait le vœu de ne prendre de repos que lorsqu'ils l'auraient eu recouvrée. Ne peuvent-ils pas, dès lors, comprendre le ressentiment des Italiens et des Espagnols quand ils ont été dépouillés de leurs chefs-d'œuvre? Des hommes publics, de la valeur de M. Jules Simon, ne pourraient et ne devraient-ils pas faire entrer dans la tête de leurs concitoyens cette vérité prosaïque : qu'en 1815 le Louvre n'a pas été pillé, mais seulement privé des objets d'art qui avaient été volés?

25 octobre 1871.

Le budget de l'armée, en 1872, présentera pour l'empire allemand une augmentation de *cent millions*. Le département de la guerre est très sérieusement occupé à réarmer toutes les troupes impériales, sauf le conlingent de Ravière, qui est pleinement satisfait de son arme, le fusil Werder, dont les qualités ont été suffisamment éprouvées par sept mois de campagne; mais les fusils à aiguille sont à peu près condamnés. Le baron Martini est actuellement à Berlin, attendant le résultat des épreuves faites à Spandau de son système. C'est entre son fusil et celui de Werder que le gouvernement fera son choix. Un des deux remplacera certainement avant peu le fusil à aiguille dans toutes les troupes impériales. Trois motifs plaident en faveur du système Werder : 1° preuves de justesse de tir et de résistance, acquises pendant cette période de guerre ; 2° il est déjà entre les mains d'un fort contingent, celui de Bavière, d'au moins 40,000 hommes ; 3° il peut être fourni rapidement par des manufactures établies dans les limites de l'Empire. Cette dernière raison est puissante en faveur du système Werder ; car avec l'esprit pratique qui règne dans le département de la guerre prussien, il doit être établi avant tout que l'armement sera modifié dans le plus bref délai possible. D'un autre côté le système Martini présente deux très grands avantages sur son rival : bon marché et simplicité du mécanisme. Les deux fusils sont en présence à Spandau ; bientôt nous connaîtrons le résultat. Beaucoup d'officiers prussiens sont peu disposés à changer le fusil à aiguille contre une arme qui pourra tirer de seize à vingt-trois coups par minute et porter à 13 ou 1,400 mètres. Ils affirment avec assez de raison qu'une arme de trop grande portée affecte le moral de la troupe, lui inspirant la tendance de commencer le feu de trop loin, de tirer au hasard sans voir, de se cacher et chercher un abri pour essayer l'efficacité de son arme, lorsqu'il s'agit de se former en colonne pour chasser l'ennemi d'une position ; la facilité de tirer le rend consommateur exagéré de munitions, et la confiance dans le pouvoir de son arme lui ôte celle qu'il doit avoir en lui-même. Le perfectionnement de l'armement français, en 1870-71, vient complétement justifier (d'après eux) ces assertions. Le chassepot est incomparablement meilleur que le fusil à aiguille ; il arriva que par excès de confiance en lui, les Français crurent qu'il gagnerait tout seul la bataille ; ils ne prirent donc aucune peine pour assurer leur tir, qui fut des plus *primitifs*, et dépensèrent les cartouches par millions, avec le plus pitoyable résultat, au lieu de faire beaucoup de mal aux Prussiens et les forcer à modifier leur tactique, qui était leur fort. Quoi qu'il en soit, l'armement prussien sera changé, et ce changement coûtera environ cent millions à l'Empire, ou plutôt à la France, puisque ce sera l'indemnité de guerre qui paiera cette dépense.

29 janvier 1872.

Il y a juste un an que la capitulation de Paris ter-
mina les sept mois de guerre entre la France et l'Allemagne. Le 28 janvier 1871, M. Jules Favre signa avec
le prince Bismark ces fameux articles de la capitulation
qui amenait la soumission non d'une grande forteresse
seulement, mais de toute une nation. Le 29, les casques
pointus des Saxons et Silésiens, les crêtes-de-coqs des
Bavarois, couronnèrent triomphants les forts d'où se
détachait le drapeau tricolore ; ce furent des heures de
sombre tristesse et d'amers chagrins pour la France ;
néanmoins nous nous demandons si les amis qui sym-
pathisaient à ses malheurs sans pouvoir les écarter, ne
sont pas actuellement plus peinés au souvenir de ce triste
anniversaire que les victimes elles-mêmes. Véritable-
ment, il s'est passé dans cette période assez d'événements pour combler ce gouffre de malheurs et
d'humiliations sur lesquels il semble qu'un peuple aussi
fier et aussi impressionnable ne cesserait point de mé-
diter ; même pour des spectateurs moins attentifs ou
moins rapprochés (il ne faut pas oublier que c'est un
Anglais qui parle), qui n'auraient pas tressailli aux der-

nières convulsions de la Commune, l'intérêt historique vient s'attacher à des transactions qui semblent en ce moment ne pouvoir trouver d'équivalent ni dans le passé ni dans l'avenir. Un des acteurs de ce grand drame, l'Allemagne a déjà tourné le dos à ces derniers événements, comme on tourne le dos à un ouvrage complétement terminé, et lève franchement les yeux sur son splendide avenir. Les Français, malheureusement pour eux, n'ont ni cette compréhension pratique des affaires, qui dans un esprit anglais réunit le passé, le présent et le futur comme éléments indispensables pour arriver à un effort qui puisse aboutir, ni cette excitation demi-enthousiaste, demi-fanatique, qui pousse l'Allemand vers cette période prochaine où il puisse faire mentir l'histoire de son passé. Le Français vit particulièrement dans le présent, heureux d'oublier ce qui dans le passé lui est désagréable, et se préoccupe peu de l'avenir; nous pouvons difficilement attendre que les souvenirs ramenés par cet anniversaire laisseront des empreintes sérieuses dans l'esprit public et dans le cœur des Français. Cette légèreté et cette satisfaction personnelle, qui les rend si facilement satisfaits de l'heure présente, les dispose en même temps à rejeter la responsabilité de leurs malheurs sur toutes personnes et toutes choses, excepté sur les véritables auteurs des causes. Nous sommes bien loin de penser que des réflexions plus sages ne viendront pas éclairer une foule de Français qui rêvent pour les destinées de leur pays un avenir plus brillant; mais si les événements des dernières semaines ont pu en somme nous apprendre quelque chose, c'est qu'en ce moment le pays a fait réellement peu de chemin depuis la position humiliante et inférieure dans laquelle la capitulation de Paris l'avait laissé.

Dans quel état cet anniversaire trouvera-t-il la ville et la nation qui tombèrent à la fois sous le talon sans pitié de l'envahisseur, le jour où le drapeau tricolore fut jeté à bas des forts de M. Thiers? La France gémit encore sous l'occupation étrangère, qui exerce la loi militaire avec toute la rigueur pratique allemande dans six des plus riches départements, et à cinquante milles de Paris même. La capitale est aussi sous le coup de la loi militaire, mais exercée par les mains des Français; elle est surveillée avec méfiance par ses conquérants, qui sont ses propres gouvernants et ses mandataires, et dont la place naturelle serait dans ses murs. Nous n'ignorons pas les grands efforts qui ont été faits par le gouvernement provisoire pour alléger le poids de l'occupation étrangère et rétablir l'administration légale. Bien avant cette époque, nous avons rendu justice aux labeurs de M. Thiers, qui ont tant produit pour évoquer l'ordre du chaos et éclairer aux yeux de la France le sentier qu'elle doit suivre pour se relever complétement ; malheureusement nous avons eu dernièrement assez de raisons pour craindre que ce chemin ne soit parcouru en arrière. Personne en France ne se sent assuré qu'à un certain moment l'homme auquel tous ont confié leur salut ne compromettra pas ou même ne détruira pas tout ce qu'il a fait de bien, en abandonnant les rênes dans un accès d'humeur ou de chagrin. Le peuple ne ferme plus les yeux à toute possibilité de rivalité, et a commencé à douter de l'infaillibilité de son sauveur, et le premier conflit peut avoir une fin toute différente. Telle qu'elle est, la République n'est pas du tout aussi assurée qu'elle l'était peu de jours avant, et la lutte dernière des partis ne peut être bien loin dans l'avenir. La trève du moment est trompeuse La crise a surpris chacun d'une manière qui frise le ridicule ; personne n'y était préparé ; personne ne pouvait offrir son individualité ou sa politique comme moyen d'échapper au dilemne dont l'Assemblée n'a pu sortir qu'avec humiliation, et le président avec diminution réelle de son autorité. Ainsi la France, à l'époque de l'anniversaire de sa chute devant l'étranger, se trouve face à face avec une nouvelle crise à l'intérieur. Pendant que M. Thiers persiste par vanité dans la politique commerciale qui lui a valu la rebuffade énergique d'il y a dix jours, l'Assemblée prend tranquillement ses mesures

pour préparer une formidable opposition à tout acte
dictatorial à l'avenir.

Mais dans tout conflit possible entre le régime provisoire et le permanent, quel qu'il puisse être, il reste
encore quelque espérance pour le pays. Les partis les
plus disposés à combattre ne penseront jamais à sacri-
fier la France à leur ardeur ou à leur passion. Il en est
autrement pour le malheureux Paris. Bien peu de temps
avant, il semblait tourné contre tout le monde ; aujour-
d'hui tout le monde semble tourné contre lui. Jusqu'au
prochain mois d'août, il restera séparé du gouvernement
national. Chaque faction à Versailles poursuit sa voie
particulière (excepté les radicaux dont la minorité
bruyante a réclamé sans espoir), ayant à peine une pensée pour la ville frappée, qui, comme le bouc émissaire,
est à la fois le symbole et la victime des fautes et crimes
de la nation. Pour le peuple de la grande ville, l'anniversaire de la capitulation revient aujourd'hui avec des
angoisses spéciales de mortifications et de regrets. Il y
a un an effectivement, ils étaient affamés, désespérés,
battus ; luttant infructueusement contre les barrières
de fer de l'ennemi allemand ; dépensant un sang hon-
nête (car les coquins ne se sont jamais battus), sous
des généraux fanfarons et incompétents, dans des sor-
ties qui invariablement tournaient en déroutes ; alors le
monde les regardait avec une admiration et une com-

passion tempérées mais sans alliage ; le monde n'avait pas encore prononcé son jugement sur leur frivolité, leurs habitudes efféminées, leur énervation, et avait reconnu en eux le courant héroïque qui a produit les vainqueurs de Lodi, de Rivoli, d'Hohenlinden, d'Austerlitz ; ils souffraient, mais glorieusement ; ils périssaient au sein d'expédients et de tentatives moitié sérieuses, moitié ridicules, et l'Europe retentissait de leurs prouesses, et ils croyaient que leurs noms passeraient à la postérité. *Quantum mutati ab illo!* Leur honneur souillé par la folie à jamais maudite de la Commune ; leur écusson effacé par la main du pays lui-même, qui quelques mois avant à peine s'enorgueillissait de leur endurance et de leur bravoure, les Parisiens subissent aujourd'hui une crise plus dure que celle qu'ils ont subie lorsqu'ils sortaient de leurs caves dans les intervalles du bombardement, lorsqu'ils mangeaient le pain qui, quoique franchement donné et franchement reçu, n'était que le pain de la charité, ou lorsqu'ils voyaient les casques pointus parader sur les plus belles de leurs places publiques. Ils ont encore notre pitié, en dépit ou à cause de leurs erreurs et de leurs crimes. Nous savons par notre correspondant parisien qu'une longue et terrible épreuve attend encore cette cité autrefois si gaie, avant qu'il ne lui soit permis de reprendre sa place dans le gouvernement intérieur de la France, et qu'elle ne récupère les honneurs conférés au *Vaisseau Amiral*. Déjà nous avons franchement exposé nos vues sur la résistance de M. Thiers à retirer le siége du gouvernement de Versailles, et nous ne pensons pas à renouveler nos attaques contre la pusillanimité et l'inconséquence de cette politique ; cependant il eût été bon, à notre point de vue, pour Paris et pour la France à la fois que l'approche de cet anniversaire eût remis en mémoire ce que la capitale avait fait et souffert pour le pays pendant ces six tristes mois qui ont suivi Sedan, et que ce souvenir rétrospectif eût inspiré la courageuse et reconnaissante pensée de célébrer ce jour en rendant à la métropole son ancienne dignité.

L'occasion est passée sans aboutir, et les politiques parlent du mois d'août comme de l'époque où il sera plus sûr et plus convenable de transplanter l'Assemblée et le gouvernement à leur véritable siége. Espérons que Paris sera patient ; mais le retour anniversaire de ce jour de la capitulation ne peut avoir lieu sans nous faire songer que si Paris doit être impatient, il aura eu beaucoup à souffrir de ses ennemis et de ses amis à la fois.

Dijon, imp. Rabutôt, Victor Darantiere, Sr.